國家圖書館出版品預行編目 (CIP) 資料

我愛你，管你怪不怪/卡布辛‧樂法文；瑪嘉莉‧克拉弗雷圖；謝蕙心譯.
-- 第一版. -- 臺北市：親子天下股份有限公司，2024.04
30面；19.5x24公分. --（繪本；357）
國語注音
譯自：Qui que tu sois
ISBN 978-626-305-742-5 (精裝)

1.SHTB: 親情--3-6歲幼兒讀物

876.599   113002351

繪本 0357

我愛你，管你怪不怪

文｜卡布辛‧樂法　圖｜瑪嘉莉‧克拉弗雷　譯｜謝蕙心

責任編輯｜謝宗穎　美術設計｜林子晴　行銷企劃｜高嘉吟
天下雜誌群創辦人｜殷允芃　董事長兼執行長｜何琦瑜
媒體暨產品事業群
總經理｜游玉雪　副總經理｜林彥傑　總編輯｜林欣靜　行銷總監｜林育菁
資深主編｜蔡忠琦　版權主任｜何晨瑋、黃微真

出版者｜親子天下股份有限公司　地址｜台北市 104 建國北路一段 96 號 4 樓
電話｜（02）2509-2800　傳真｜（02）2509-2462　網址｜www.parenting.com.tw
讀者服務專線｜（02）2662-0332　週一～週五：09:00~17:30
傳真｜（02）2662-6048　客服信箱｜parenting@cw.com.tw
法律顧問｜台英國際商務法律事務所‧羅明通律師　製版印刷｜中原造像股份有限公司
總經銷｜大和圖書有限公司　電話：（02）8990-2588

出版日期｜2024 年 4 月第一版第一次印行
定價｜320 元　書號｜BKKP0357P　SBN｜978-626-305-742-5（精裝）

訂購服務 ────────────────────────────────────
親子天下 Shopping｜shopping.parenting.com.tw　海外‧大量訂購｜parenting@cw.com.tw
書香花園｜台北市建國北路二段 6 巷 11 號　電話（02）2506-1635　劃撥帳號｜50331356　親子天下股份有限公司

立即購買 >

我愛你，
管你怪不怪

文 卡布辛·樂法　　　圖 瑪嘉莉·克拉弗雷　　　譯 謝蕙心

親愛的孩子，你知道嗎？
如果有一天，
你決定穿睡衣和拖鞋去上學……

如果你這位走音王子，
決定從白天唱到深夜……

如果你決定穿著舞裙踢足球，
踩著芭蕾舞鞋射門……

櫻桃 手機

麥吉

啵！

如果你決定把衣服脫光光，
在亞馬遜雨林裡生活……

新婚快樂

如果你決定在高聳的雪山上，
和雪人的兒子結婚……

如果你變成一個無可救藥的
鑽石大盜……

如果你的鼻尖，
長了一顆超級巨大的毒疣……

如果你把全世界的巧克力
都吃光……

或是，成為永遠的最後一名……

就算這樣， 我也會愛你。

因為， 無論你做什麼、 是什麼樣的人……
媽媽都永遠愛你。

孩子啊……如果我其實是來地球
出祕密任務的火星人……

你也會永遠愛我嗎？